소년은 어른이 되어갑니다

시작하는 말

★

말 한마디에 꽃을 피워
조심스레 전해봅니다.
벌이 앉아도, 나비가 앉아도.
거미줄을 쳐도, 개미굴을 파도.
나는 피워낸 꽃을 부끄러워하며
당신께 내밀어 봅니다.
부디 이 한마디가
당신의 마음 속에도
피어나길 바라며.

추천사 1

마음으로 달려 들어온 이야기

사랑하는 어린 제자의 책에 추천의 글을 쓰면서 감동을 받습니다. 먼 이국 토고 땅을 섬기는 선교사 부모님을 따라 어린 나이에 쉽지 않은 경험을 했을 주형이는 혼자만의 고뇌와 고통을 사춘기의 정서로만 가져가지 않았습니다. 그 내면의 에너지를 알알이 엮어서 자신과 세상을 향한 언어로 표현해냈다는 점은 놀라울 따름입니다. 그간의 사정과 형편을 알기에 이 어린 시인의 첫 번째 시집은 감격 그 자체입니다.

제가 한동글로벌학교의 교장으로 있을 때 처음 접한 주영이의 이야기는 매우 슬픈 내용이었습니다. 당시 주형이 어머니는 암으로 투병 중이라 귀국해서 병원에

계셨고, 주형이는 병원과 학교를 오가는 상황이었기 때문입니다. 그런데 제 눈을 사로잡은 또 다른 이야기는 학교의 정기 소식지인 His Connection에 실린 주형이의 시 한 편이었습니다. 사춘기 소년의 시어라고 보기에는 삶의 통찰이 깊었고, 그 표현이 제 가슴 속으로 훅 밀고 들어올 정도로 힘이 있었습니다.

투병 끝에 하늘로 가신 어머니로 인해 상실감이 큰 주형이의 아버지를 만났습니다. 어머니는 직접 뵙지 못했지만 두 분을 함께 만난 것 같았습니다. 주형이를 향한 부모님의 사랑이 어떠한지와, 부모님의 곱고 순수한 결이 아들에게 물려진 흔적을 보며, 주형이의 시가 가진 깊고 따스하고 세상을 보는 남다른 관점의 근원을 발견할 수 있었습니다.

아픔과 고통 속에서도 주형이는 계속해서 시를 썼습니다. 그리고 주형이를 응원하며 지도하신 선생님들, 친구의 힘겨움을 흘려보지 않은 친구들, 자녀들을 통해 알게 된 주형이를 함께 품은 학부모들의 기도와 후원, 그리고 늘 크고 넓은 사역을 감당해온 도서출판 하영인의 힘이 연합하여 이주형 시인과 그의 첫 시집이 탄생하게 되었습니다.

수많은 시를 끄적거리던 주형이는 자신의 순간을 담은 시들이 아름다운 박제가 되어 많은 이들의 손에 들려질 것을 상상하지 못했을 것입니다. 시집이 제작되는 과정을 통해 한동글로벌학교의 공동체는 큰 축복을 누리게 되었습니다. 이 귀한 프로젝트에 수고를 아끼지 않은 모든 사람들에게 아낌없는 칭찬을 하고 싶습니다.

조만간 향기로운 차를 앞에 놓고 차향보다 진한 한 시인의 삶의 향기를 누릴 생각에 벌써 행복해집니다. 계속해서 시작(詩作)을 멈추지 않을 이주형 시인의 열 번째 시집을 상상하니 미소가 절로 지어집니다. 우리가 이렇게 마음을 모으고 행동으로 옮기면 함께 사는 인생이 이처럼 따뜻하고 멋질 수 있음을 또 한번 깨닫습니다.

박혜경 교수

한동대학교 학사부총장

추천사 2

이 친구 저수지는 얼마나 넓을꼬?

“고1이 책을 낸다고? ISBN 번호도 받고 서점에서도 팔 거라고?”

저는 십여 년간 학교에서 “글쓰기를 잘하려면 3S (Short(짧게), Story(이야기로), Seat(그냥 써라))만 따르면 된다. 재능 없음을 두려워마라, 맞춤법 틀려도 괜찮다” 라고 교탁 치며 떠들어온 국어 선생입니다. 그럼에도 주형이가 그간 모은 100여 편의 작품을 추려서 출판할 계획이며 그 과정에 20여 명의 친구들이 기획, 홍보, 펀드, 디자인 등으로 참여한다는 이야기를 들었을 때 누구보다 놀란 사람입니다. 제 손으로 쓴 변변한 작품하나 없는 사람이 글쓰기를 가르치다니! 창백한

엘리트주의의 관념성만 가득한 구부정한 등허리가 망치로 단련된 목수의 굵직한 팔뚝에 스매싱 당하는 느낌이랄까?

"쉬는 시간에 학교 운동장에서 쓰레기 줍는 아이가 있대요"

아프리카 토고에서 온 중3 아이가 하나 있는데 기숙사에 살면서 자주 이곳저곳 걸으며 쓰레기를 줍는다는 소문이 있었습니다. 그것이 오늘날의 플로깅의 효시인지도 모르겠습니다만 그 소문은 꼬리에 꼬리를 물고 퍼졌으며 몇몇 아이들도 같이 줍는다는 소리까지 들었습니다. 나중에 그 아이가 바로 주형이라는 사실을 알게 되었고 이번에는 좀 덜 놀랐습니다. 이미지가 좀 그렇게 보였거든요.

"이 친구의 저수지는 얼마나 넓을까?"

고1 담임과 반 학생으로 만났지만 주형이는 제가 감히 제자라고 부르기도 힘들 만큼의 무게와 깊이와 넓이를 지닌 '어른'이었습니다. 매주 목요일 10분간 진행되는 기도회를 미리 묵상한 성경 말씀과 급우들의 어려움을 헤아리는 기도로 이끌었는데 그 시간은 여느 대형교회 목사님 설교가 부럽지 않을 정도로 울림을 주었습니다. 한때 칠판에 '아파씨의 괴로운 일기'와 '오늘의 역설'이라는 짧은 이야기를 삽화와 함께 연재하여 깊은 통찰을 주기도 했습니다. 글만 썼느냐? 체육한마당축제에서 치어리딩 멤버로서 엉덩이도 엄청나게 흔들어댔으며 꽃 화분을 예술적으로 만들어 교실을 밝게 만들기도 했습니다.

주형이는 행동으로 말하는 친구입니다. 평소 시와 소설을 많이 써놨기에 이렇게 출판할 기회가 왔을 때 책을 낼 수 있게 된 것이겠지요. 칠판에 연재한 그림과 글들은 어느 것 하나 쉽게 넘길 수 없을 정도로 깊은 반향을 불러일으켰습니다. 이 책에 실린 작품들도 읽는 이들에게 쉽게 털어낼 수 없는 향기를 배게 할 것입니다. 제자이지만 스승으로 여기는 주형이 작품집에 추천사를 올리는 일은 여느 교사에게 쉬 주어지는 특권이 아님을 재삼 깨달으며 일독, 십독, 백독을 권해드릴 따름입니다.

곽인옥 교사

한동글로벌학교 10학년 담임

사랑

그리움

아픔

위로

사랑

꽃말

도라지꽃을 약속했던 당신은 결국
저에게 아네모네만을 남기고 떠나버렸군요.

계속되는 당신의 라벤더 속에
저는 달맞이꽃이 되고 말았죠.

결국 돌아온 것이 겨자라는 걸
부정하는 건 베고니아군요.

받았던 분홍 장미가 부처꽃이 되어가요.
이 마음을 표현하기 위해 알리움을 뿌립시다.

파란 장미 따위가 존재하지 않는다는 건 알고 있답니다.

생강같은 사랑을 한 저는 이제
당신을 카네이션하며 살아가겠죠.

한 손에는 봉선화를 들고 있으면서도
다른 손에는 호랑이꽃이 들려 있습니다.

마지막으로 당신에게 주는 선물은 복수초가 되길 바래요.

도라지: 영원한 사랑

아네모네: 기다림, 고독

라벤더: 침묵

달맞이꽃: 기다림, 말 없는 사랑

겨자: 무관심

베고니아: 짝사랑

분홍 장미: 사랑의 맹세

부처꽃: 사랑의 슬픔

알리움: 무한한 슬픔

파란 장미: 기적

생강: 당신을 신뢰합니다, 헛수고

노란 카네이션: 경멸

봉선화: 나를 건드리지 마세요

호랑이꽃: 나를 사랑해 주세요

복수초: 영원한 행복, 슬픈 추억

여름빛

투명한 병에 여름을 담아 마셨다.
시원한 소다 병을 푸른 하늘에 비추어 보며
하늘에 둥둥 뜬 구름까지 거품 삼아 마셨다.

푸르게 넘실대는 여름 속으로 뛰어들었다.
발바닥을 간질이는 담황색 모래사장을 지나
햇빛이 빠져 일렁이는 바다까지 헤엄쳐 갔다.

하굣길에 여름 그늘 아래서 더위를 피했다.
꽃이 지고 파릇한 나뭇잎이 자라난 자리 아래 서서
그 사이로 비치는 햇살을 따라 웃었다.

황홀경

뒤집혔다.
나의 세계가 마치 하나의 모래시계처럼
뒤집혀 흐르기 시작했다.
사르르 쏟아지는 모래 소리에 벅차올라
말문을 잃은 채 바라볼 뿐이다.

슬픔도, 외로움도 느껴지지 않는
차갑게 식어버린 마음을 달구는
황홀한 위로의 목소리를
말문을 잃은 채 바라볼 뿐이다.

우는 것도, 절망하는 것도
나약함이 아닌 따스함에서 온다는 사실에
모래가 전부 떨어지고 고요하게 되어도
나는 이전과 다를 수 있었다.

그대가 꽃이라

그대는 아름다운 꽃인데
왜 자신을 부끄럽게 여기나요.
그대가 너무나 아름다워
다른 꽃들이 샘을 내는 것인데.

그대는 활짝 핀 꽃인데
왜 자신에게 물을 주지 않나요.
그대의 마음이 메말라 있어
이리도 아프게 느껴지는 것인데.

그대가 꽃이라
세상이 이리도 아름다운데.

가격표 달린 사랑

너는 세상의 모든 것을 가진 것처럼 보였고
나는 아무것도 가지지 못한 것처럼 느껴져서
그저 아프고, 분하고, 애통했다.

사랑받는 것에도 값이 매겨진다는 사실에 좌절했다.
모든 사랑이 나만을 향하지는 않는다는 걸 알기에 두려웠다.

나는,
나는 너만 사랑하는 것으로 충분했는데.

눈이었나보다

우리의 사랑은 눈이었나보다.
그래서 겨울에는 한없이 내리다
봄이 되니 사라졌나보다.

춥고 배고플 때만 펑펑 내리다가
따뜻한 바람에 꽃이 피니 녹아 없어졌나보다.
나의 겨울만 아직 가지않아
안 녹고 까맣게 때만 탔나보다.

시차

너가 잠들었을 때에도
나는 잠들지 않고 너를 보고 있었기에
너를 지켜줄 수 있을 것이라 생각했다.

네가 깨 있을 때 잠든 나를
그리워할 줄은 생각치도 못했고
너를 지켜주는 시간보다 서로를 마주보는 시간이 더
중요하다는 사실은 상상하지도 못했다.

나는 네가 잠든 모습만을 사랑했을 뿐이었다.

인간관계는 벽 없는 문

인간관계는 벽 없는 문이다.
사람과 사람은 그 문을 사이에 두고 살아가며 서로의
거리를 유지한다.

사람은 각자의 방법으로 서로에게 다가간다.
문을 열고 들어가 밝게 인사하는 사람도 있고
문 너머로 넘어가지 않은 채 거리를 유지하는 사람도
있으며
문에 기대어 앉아 고민하는 사람도 있고
문은 신경쓰지도 않은 채 존재하지 않는 벽을 넘어
다가가는 사람도 있다.

사람과 사람의 사이에는 문 하나의 거리밖에 존재하지
않기에
문을 꼭꼭 잠가두어도 어느새 옆으로 돌아 넘어오는
사람도 있기 마련.
나는 그런 실례를 범하지 않도록

항상 누구에게나 문을 똑똑 두드린 뒤
"들어가도 될까요" 라고 물어보아야겠다.

당신 생각이 나면

문득 당신 생각이 나면
나는 하던 일을 접고 그리운 당신을 생각합니다.
당신은 내 안에 너무도 크게 남아
아무리 잊으려 해도 당신밖에는 생각할 수 없는
까닭입니다.

문득 당신 생각이 나면
나는 낡은 공책을 펼쳐 시를 씁니다.
당신은 내 안에 너무도 크게 남아
글로 적지 않고는 당신을 떠나보낼 수 없는
까닭입니다.

문득 당신 생각이 나면
불현듯 당신과의 추억이 떠오르면
나는 떫은 미소를 띈 채 당신을 그리워할 뿐입니다.
당신은 내 안에 아직까지도 남아
내 마음을 괴롭게 하는 까닭입니다.

그럼에도 미소를 짓는 것은
내 마음을 괴롭게 하는 당신도
당신과 함께한 추억도
나는 사랑한 까닭입니다.

꿈이었다

눈을 떴다.
그대가 보였다.
아, 꿈이구나 하고 눈을 다시 감았다.

그대의 얼굴을 보자마자 꿈이란 걸 안 내가 미웠다.
그대가 꿈에 나온 지금이 미웠다.
다시금 그대를 그리워하게 한 이 꿈이 미웠다.

그대는 밉지 않았다.

물방울

인연은 물방울과도 같아서

손을 톡톡 털어보아도
손바닥에 달라붙어 남는 것이 악연인 것을,

한웅큼 움켜쥐어 품어보아도
손가락 사이로 흐르는 것이 이별인 것을,

주워담을 수 없기에 소중하다는 것을.

대상 없는 보답

귀를 울리는 빗소리가 서글픈 까닭은
그대 또한 빗소리를 좋아한 탓입니다.
나는 서럽게 우는 하늘에 귀 기울이며
장대처럼 내리는 하소연을 전부 들어 주었습니다.
그대가 내게도 그리 해주었기에.

화음을 쌓는 잔잔한 음악이 불안히 들리는 까닭은
그대가 내게 불러준 유일한 노래인 탓입니다.
나는 외로이 울리는 곡조를 따라 부르며
피아노 소리와 함께 쌓이는 미련의 이름을 불러 주었
습니다.
그대가 내게도 그리 해주었기에.

그리움

낙엽

도로 구석에 쌓인 낙엽 밟는 소리,
햇살을 받은 단풍의 따뜻함.

새하얀 머리를 덮은 낡은 베레모의 멋,
오래된 목재 가구의 냄새.

낙엽이 한 잎 떨어질 때마다 그리운 이를 추억해 봅니
다.
내게 가을을 가르쳐 준 이 또한 한 잎 한 잎 떨어져 가
는 까닭에
눈시울을 단풍처럼 물들여 그리워할 뿐입니다.

구멍아

그 검은 구멍아
빛이 들어가 모습을 감춘 그 큰 구멍아
나의 마음마저 앗아간 아름다운 구멍아

저 지평선을 넘어가 너를 이해하려 했으나
분명 찢겨 죽을 것이라
길게 늘어나 사라질 것이라
엄두를 내지 못한 채 바라볼 뿐이다.

떠나간 이를 돌려보내지 않는
욕심 많은 아름다운 구멍아.

배웅

잘 들어가라 배웅해 주시는 어머니가
자꾸만 단추를 여미라 하신다.
날이 춥다고, 바람이 차다고
옷을 꼭 잠그고 가라 하신다.

괜찮다고, 춥지 않다고 떼를 쓰며
주머니에 손 넣은 채 뒤돌아 걸으면서도
금새 찬 바람에 단추를 여미었다.
혼자서 맞는 겨울은
둘이서 맞는 것보다 찬 기운이 드는 탓에.

실낙원

영원히 돌아갈 수 없는 이상향
잃어버린 낙원으로 가는 길에는
한 줄기 발자국이 늘어져 있다.

미련

나를 떠나간 님이여
한숨 한 번 내쉬고
나를 보내주실 수 있기를.

나를 떠나간 님이여
눈물 한 번 흘리고
나를 보내주실 수 있기를.

나를 떠나간 님이여
추억 한 번 하시고
나를 보내주실 수 있기를.

나를 떠나간 님이여
나는 님을 보내지 못하니
님은 나를 보내주시기를.

어머니는

어머니는
항상 단발을 하고 계셨다.
웃음이 다정하신 분이셨고
팔에 수박씨같은 점이 있었다.
이 감정도 사그라들면
어머니의 얼굴도 아니 기억한다기에.

어머니는
항상 밝은 분이셨다.
우리와 농담을 자주 주고받으셨고
한 구석에는 대장부같은 점이 있었다.
이 감정도 사그라들면
어머니의 성격도 아니 기억한다기에.

이 감정도 사그라들어
어머니의 목소리도 아니 기억하기에.

새벽

아련히 이우는 그 달이 그리워 창을 내다보니
둥근 달은 안 보이고 잔잔한 달빛만이 내려앉았구나.

저 달빛 한 조각 떼어다가 품에 안으면
그리움은 가시고 아침이 올까.

전해지는 것

생각이라는 이름의 물을
말이라는 모양의 컵에 부으면
미처 전해지지 못하고 맺힌 물방울이
흘러넘쳐 쏟아져버린 물줄기가
그대에게 닿지 않기에.

그렇기에 억양이 생기고
그렇기에 표정이 생기고
그렇기에 사랑이 생기고
그렇기에 오해가 생기고
그렇기에 우리는
영원히 완벽히 이어지지 못할 것임을.

다만 그렇기에 덧없는 것을.
덧없기에 소중한 것을.

페트병 뚜껑

굳게 닫힌 페트병 뚜껑이 열리지 않아 한참을 씨름하다
끝내 어머니께 달려가 떼를 썼다.
뚜껑 하나도 못 여는 자신이 서러워 눈물이 났다.

굳게 닫힌 페트병 뚜껑이 열리지 않아 한참을 씨름하다
손이 빨갛게 물들고 나서야 뚜껑을 열 수 있었다.
뚜껑 하나도 겨우 연 자신이 이제는 익숙해졌음에도
서러움에 못 이겨 눈물이 났다.

열리지 않는 페트병의 뚜껑 하나에도 서러운 것은
전과 달리 대신 뚜껑을 열어 줄 사람이 없었기 때문일까.

퍼레이드

발걸음과 기대의 침묵.
밤을 비추는 가로등 너머로
준비를 하는 듯한 분주한 소리가 들려오면
기대에 찬 눈빛과 시작을 알리는 방송이 멎고
문이 열림과 동시에 찾아오는 환호와 즐거움의 반짝임.

다채로운 조명 사이로 흘러나오는 웅장한 음악.
그에 맞춰 춤추고 인사하는 낯선 복장의 환상.
꿈을 꾸는 듯한 즐거움에 취해 그저 바라볼 뿐인 어린
아이와
웃으며 손을 흔들어 주는 친절한 마스코트의 미소.
미끄러지듯 앞으로 나아가는 동심의 열차가 하나둘씩
지나가면
어느새 보이기 시작하는 긴 잠의 끝.

사그라드는 소리 사이로 눈을 뜨는 아쉬움.
또다시 밤을 비추는 노란 가로등과

여운에 잠겨 발을 떼지 못하는 사람들.

오래전 들은 왈츠의 끝처럼

아름다웠기에 아쉬운

그 시절의 끝.

하굣길

노을 섞인 구름에 아직은 푸른 하늘.
해가 내일을 기약하며 발걸음을 옮기면
집에 돌아와 무거운 가방을 내려놓았습니다.

오는 길에 저 높이 보이는 석양처럼 얼굴을 붉혀도
해가 지고 찬 밤이 찾아오면 우리의 화도 차게 식어
서로의 어깨에 기대 잠을 청했습니다.

그립지도 않고, 서글프지도 않은 기억이지만
이 또한 추억이 되었다 느껴지는 까닭입니다.

떠나보내는 시

어머니, 손님이 가시면
가족들끼리 모여 꽃놀이나 갈까 합니다.
손님이 계시면 방에 들어가
창 밖에서 흩날리는
분홍빛 꽃잎들만 보았기에.

어머니, 손님이 가시면
커피라도 한잔 내려 마실까 합니다.
주시던 커피를 쓰다고 마다하던 아이는 없고
이제는 이렇게나 큰 제가
아직 같이 커피 한 잔 마셔본 적 없기에.

어머니, 손님이 가시면
그 마른 입 열어 사랑한다고 말해주십사 합니다.
먼 길 한달음에 달려가 안아보아도
말 없이 허공만 보고 계시는 그 모습에
이제는 그 목소리마저 기억나지 않기에.

어머니, 손님은 가시지 않을 듯 합니다.
아직 가시리라 믿고 계시는 아버지가
너무나 고되고도 처절하게 보여서
나는 어찌하나 원망스럽기도 합니다.

어머니, 이제는 알 듯 합니다.
반응 없이 듣고 계시는 그 귀에
어떡하나, 어떡하나 목놓아 우는 것이 아니라
이렇게나 많이 컸다고
걱정하지 않아도 된다고
사랑한다고 말해야 함을 압니다.

아직 살아서 뛰고 있는 그 심장 앞에서
고동이 멈춘 뒤를 이야기하는 것은 괴롭지만
그 죄악감에 어머니의 책임을 덜어 짊어질 수 있다면
어머니, 나는 이렇게나 잘 살고 있습니다.

아직은 떠나보낼 수가 없어
미련을 긁어모아 쓴 시이기에.

아픔

바다

이 바다의 끝을 향해 헤엄치는 그대여
언젠가 찾아올 그 날을 위해 살아가는 그대여
둥근 바다에 끝이 어디 있고
매일 찾아오는 하루에 특별함이 어디 있습니까.
우리가 사는 이 곳이 바다이고
우리가 사는 오늘이 인생인데.

이 마음이 변치 않으시면

이 마음이 변치 않으시면
나는 내일 눈물을 흘릴 것입니다.
때 늦은 슬픔에 젖어 우는 것은
그리움을 상실이라 여기는 까닭이기에.

이 마음이 변치 않으시면
나는 내일 하늘을 원망할 것입니다.
연이어 찾아오는 절망에 빠져 절규하는 것은
현실을 운명이라 칭하는 까닭이기에.

이 마음이 변치 않으시면
나는 내일 꿈을 포기할 것입니다.
끝없이 깊은 허무에 잠겨 신음하는 것은
미래를 연속이라 점치는 까닭이기에.

이 마음이 변치 않으시면.
이 마음이 변치 않으시면.

말에 치여 죽은 사내

한 남자가 지나가던 말에 치여 죽었다.
마부는 후환이 두려워 도망쳤으며
행인들은 무심한 태도로 애써 숨쉬던 그를 외면했고
장의사는 그의 죽음을 불운한 사고라 애도했다.

한 남자가 지나가던 말에 치여 죽었다.
참으로 모질고 쓴 말이었다.

반복

반복되는 시작과
다가온 끝을
우리는 문학이라 하여
그것을 하루라 칭해
끊지 못한 채 살아가다
모르는 사이에
새롭게 시작되어
순환도 끝이 나
새로운 순환이 이어지는
그런 종류의 이야기가
지쳐가는 문장처럼
결국은 끝을 맺듯이
하루도 그러하고
인생도 그러하니
그것은 짧은 이야기의
길고 긴 연장선.

호접몽

이리도 행복한 현실에
꿈도 좋은 것만 보여주시지.
여기 버젓이 살아있고
여기 멀쩡히 웃고 있는 이들을
꿈에서는 왜 이리 아프게들 하시는지.

길게만 느껴지는 꿈과
너무나도 짧은 현실에
왜 나를 담가 두시는지.

나비의 꿈에서 나는
나는 사람이 되었는데.

시냇물에 여객선을 띄워 보내 신다기에

내 마음은 시냇물과 같아
종이배를 띄우면 멀리 멀리 흘려보내면서도
떠나려는 이들은 여객선만큼 많아
떠나보내지 못하고 붙잡아 둘 뿐입니다.

떠나보낼 준비가 되지 않았기에
여객선을 흘려보낼만큼 마음이 넓지 못하기에.

누구보다도 긴 강이 될 수 있고
누구보다도 넓은 바다가 될 수도 있지만
계속해서 시냇물로 남는다면 떠나려는 이들을 잡아 둘 수 있을지요.

흐르는 시냇물을 막고 떠나려는 이들을 붙잡아 둔다면
고인 채로 아무도 살지 못하게 되어버리는 것인지요.

미래의 충고

내일의 목표는 쉽게 이룰 수 있는 것으로 잡아라.
이루지 못한 목표는 사람을 지치게 만들 뿐이다.

내년의 목표는 적당히 어려운 것으로 잡아라.
목표가 너무 작으면 사람은 금세 나태해지고
목표가 너무 크면 막연하게만 느껴질 뿐이다.

인생의 목표는 이룰 수 없을 정도로 큰 것으로 잡아라.
그것을 이루고 나면 남는 것은 허무함 뿐일테니.

침묵의 성장

그저 무덤덤하다고만 생각했다.
표정 하나 바뀌지 않고도 희망과 절망 사이를
오고가는 것이 일상이었으니까.

그런데 마음은 그렇지 않았나보다.

짧은 문장에도 죽을 듯이 괴로웠으며
오래 전 사진 하나에 미치도록 그리웠다.

겉으로 티내지 않는 법을
어느새 알아버렸을 뿐이다.

지나가는 바람이 괴로운 것은

그 바람이 차고 원망스러운 것은
시리도록 아프고 괴로운 것은
그대의 마음에 겨울이 왔기 때문입니다.

그 바람은 한 여름에도
변함없이 불어와 열기를 식혀 주었으니
바람이 그대를 괴롭게 하는 것은
바람에게도 겨울이 왔기 때문입니다.

인어

어젯밤엔 바다에서 인어를 보았습니다.
저 먼 망망대해에서 나를 부르는 그 모습에
나는 인어를 따라 바다를 건너고픈 마음이 들었습니다.

인어가 그리도 아름다워 보였던 것은
바다를 건너지 않고는 닿을 수 없기 때문일지도 모르겠습니다.
땅 위에 있는 나로서는 그저 바라보고 그리워할 뿐이기에
나는 인어를 따라 바다를 건너고 싶은 마음이 들었습니다.

저 바다 건너편에는 사람을 잡아먹는 인어가 있다고들 합니다.
사람을 홀려 바다로 끌고 들어가는 그 인어가 두렵지 않은 것은

바다로부터 난 생명이 파도를 두려워하지 않음과 같을 것입니다.
나는 인어를 따라 바다를 건너고픈 마음이 들었습니다.

바다를 건너면 돌아오지 못할 것을 알기에 나는 고개를 돌려 육지로 걸어나왔습니다.
날 부르는 저 인어보다 두려운 것은 축축히 젖은 발이었기에
나는 바다를 돌아볼 엄두도 내지 못하고 걸음을 옮겼습니다.
저 푸른 바다가 나를 부르는데
저 푸른 바다가 나를 부르는데

망망대해를 두려워하지 않기에 자신을 두려워하는 것은
불나방이 타오르는 불꽃을 두려워하지 않음과 같을 것입니다.

내일을 사는 소년

무책임한 태양이 떠오르고
내일을 하루 더 미루어 보면
오늘을 맞이할 준비가 되지 않은 소년은
침대 위에 둥지를 틉니다.

저 아래로 발을 내딛는 것은
죄인된 자로써 모욕받아 마땅한 일이니
주어진 일을 피해 도망하는 것은
다가올 형벌을 늘리는 죄이니

벌은 언제나 그를 따라다닐 것이기에
벌을 피하는 것은 죄 되는 것이기에
꼬리를 무는 죄의 사슬에 묶인 소년은 참으로 자유롭습니다.

하지만 그 창백한 발을 내딛는 순간은 찾아오고
피하지 못한 마음이 소년을 감싸면

따스한 햇살에 눈이 부시고
푸른 잔디가 발을 간질이는 하루.

내일은 그런 것입니다.
알지 못하기에 두려운 것.
내일을 사는 소년이여
다가올 내일을 두려워하여 오늘을 포기할 것입니까.

번데기

나는 괴로움에 못 이겨 번데기가 되었습니다.
기는 것이 힘들어 포기하고 싶은 나는
나는 것이 두려워 도망치고 싶은 나는
마침내 번데기가 되어 매달려 있을 뿐입니다.

나는 외로움에 못 이겨 번데기가 되었습니다.
애벌레를 따라 기지 않는 나는
나비를 따라 날 수 없는 나는
결국 번데기가 되어 매달려 있을 뿐입니다.

툭 치면 죽어버릴 듯이 연약한 나를
흐물흐물 녹아내린 모습을 보이지 않는 나를
고치가 열릴 때까지만이라도 기다려 주신다면.
나비가 되고싶지 않은 번데기 또한 날아오를 것입니다.

고치 속 번데기는 시간을 먹고 살기에.

위로

밤하늘 그림

말해주고 싶었다.

내가 그리고 있는 것은 검은색으로만 가득한 마음이
아니라
별빛으로 가득한 밤하늘이었다고.

그저, 아직 새하얀 물감으로 점을 찍으며
아름다운 별들을 그 위에 새기지 않았을 뿐이라고.

어둠 뿐인 오늘도 아직 별을 그리지 않았을 뿐이겠지.

영원히

영원히 피는 꽃은 없고
영원히 타는 초도 없으니
영원히 기뻐하는 사람도 없겠지요.

영원히 꾸는 꿈은 없고
영원히 자라는 나무도 없으니
영원히 사랑하는 사람도 없겠지요.

영원히 어두운 밤은 없고
영원히 내리는 비도 없으니
영원히 슬퍼하는 사람도 없겠지요.

너를 비추는 손전등

손전등이 없는 사람의 앞을 자신의 것으로 비춰주는 사람이 있다.
다른 사람의 길을 비추는 동안 자신의 앞은 어두워지지만
그런 그의 앞을 간간히 비춰주는 이가 있다면 그도 앞으로 나아갈 수 있다.

앞이 비춰진 길을 걸으며 언젠가 자신의 손전등을 찾아낸 이가 있다면
그 손전등으로 다른 사람의 앞을 비춰줄 수 있기를.
다른 이를 위할 수 있게 된 그의 앞이 어둡지 않기를.

빗방울

가는 날에 먹구름이 드리워
주저앉아 울며 하늘을 올려다 보았습니다.
먹구름에서 쏟아지는 그 빗방울이 제 눈물을 가리어
먹구름에서 쏟아지는 그 빗방울이 제 머리를 쓰다듬어
먹구름에서 쏟아지는 그 빗방울이 제 귀를 덮어
나는 원망도 하지 못한 채 빗방울에 기대어 울음을 그
쳤습니다.
제 고통이자 위로인 빗방울 또한 그쳤기에.

내일 보자

어쩌면 내일도
우리는 파란 하늘을 볼 수 있을것만 같아서.

어쩌면 내일도
우리는 살랑이는 바람을 느낄 수 있을것만 같아서.

어쩌면 내일도
우리는 따스한 햇살을 받을 수 있을것만 같아서.

어쩌면 내일도
우리는 살아갈 수 있을것만 같아서.

내일 보자,
내일 보자.

별처럼 밝아라

가신 행복이 그리워 뒤를 돌아보니
어두운 하늘에 별 몇 송이만 떠 있습니다.
망각 뒤에 숨은 그 행복도
은하수의 별만큼 많아서
성운의 색처럼 아름다워서
다른 빛이 샘을 내나 봅니다.

지금도 헤엄치고 있을 그대에게

흐르는 시간에 맞추어 헤엄을 치다 보면
헤엄치는 것이 버거워 포기하고 싶을 때가 생기는 법.

그대여, 힘들다고 저 아래로 가라앉지 마시고
둥둥 떠 다닙시다.
흐르는 시간에 몸을 뉘이고
흐르는대로 떠밀려 갑시다.

그러다 기운이 나면 그 때 다시
힘이 다할 때까지 앞으로 나아갑시다.

개척

한참을 걸어왔는데
이 길이 아니라 하시니
더는 돌아갈 힘도 없고 나아갈 길도 없어
그늘 아래 주저앉아 한숨만 쉽니다.

길이라는 것은 당최 누가 만든 것이기에
이리도 꼬아 놓으셨는지.
그 심보를 알기 위해서라도
지금 걷는 방향으로 정진하렵니다.

사람 걷는 땅이 길이고
처음 걷는 놈이 선구자인 것을.

운다기에

오늘 흘린 눈물은
예쁜 꽃에 물을 준 것이라 생각하자.
말라 시들어 버리지 않도록
눈이 손 대신 물을 준 것이라고.

오늘 흘린 눈물은
마른 땅에 비가 내린 것이라 생각하자.
마음이 열매를 맺을 수 있도록
눈이 구름 대신 비를 내린 것이라고.

세상에서 가장 행복해야 할 네가
더 아름답게 자라기 위한 것이라고.

벽

오를 수 없을 것 같이
높고도 높은 벽을 만난 당신께.

올라가 보지도 않고 포기하는 것은 두려운 것입니다.
아무리 올라도 떨어지는 벽을 오르는 것은
미련한 것입니다.
벽 앞에 주저앉아 더이상 나아가지 않는 것은 지친 것
입니다.

우리 이 벽에 기대 쉬다가
옆으로 돌아 피해 갑시다.

꺾인 꽃을 위한 시

고요하던 밤에 꽃이 피었다.
사람들은 그 꽃을 위해 이야기를 피웠다.
무채색의 밤은 따듯한 색으로 칠해졌다.

이야기는 꺾인 꽃의 지지대가 되어주지 못한다.
이야기는 꺾인 꽃을 세워주지 못한다.
다만 이야기는 말한다.
꺾인 채로도 살아갈 수 있다고.
구태여 시들어 버리지 않아도 된다고.

흐르는 것을

제 발에 걸려 넘어져
들고 있던 물을 쏟은 적이 있습니다.
바닥에 흐르는 그 물을 닦으며
나는 그대를 바라보았습니다.

제 삶이 힘들고 지쳐
품고 있던 눈물을 쏟은 적이 있습니다.
볼을 타고 흐르는 그 눈물을 닦으며
나는 그대를 바라보았습니다.

흐르면 닦으면 되는 것입니다.
그대가 짊어진 것들을 보며
나오는 눈물을 주워담지 않기를.

바람

지금까지 쌓아온 시간이 그리 헛되지만은 않았으니
우리는 앞으로도 욕심내지 말고
딱 지금처럼만 살자.
지금까지처럼 기억에 남는 시간들을 만들며
하루하루씩 서로의 기억에 남으며 살아가자.

어른이 되어가기에

별이 보이지 않는 우리의 밤하늘에는 작은 달 한 송이만 떠 있습니다.
아름답게만 보이던 세상도 이제는 차갑게 식어버려
어린 시절의 동심은 사라지고, 우리는 조금씩 어른이 되어갑니다.

풋풋한 첫사랑은 강렬한 향기를 남기고
쌓여만 가는 그리움에 아직은 눈물이 흘렀습니다.
고민하고 두려워하는 아픔에 빠져 허우적거리면서도
피어낸 한마디에 위로를 받아 나는 다시 고개를 들었습니다.

그것은 우리가 맞이할 아침이 남은 탓이기에,
추억할 기억들이 생겨난 까닭이기에.

우리는 어른이 되어갑니다.
빛바랜 지난 날의 환상처럼

오늘의 우리는 잊혀지고 변할 것입니다.
성장한다는 것은, 세월이 흐른다는 것은 그런 것입니다.

그럼에도 내가 시를 쓰는 이유는
사라져가는 오늘을 남기기 위함입니다.

언젠가는 시들어 버릴 꽃이
때가 되면 떨어져 버릴 낙엽이
내려다보는 바다처럼
올려다볼 별처럼
영원토록 기억되기를.

끝맺는 편지

지워지지 않게 만년필로 마음을 꾹꾹 담아
종이 위에 까만 글자를 새기면서도
결국 구겨 버리고 새로이 쓰는 것은
그대에게 할 말이 너무나도 많기 때문입니다.

너무나도 많아 바닥에 떨어진 종이를 다 써도 부족하고
너무나도 많아 이 밤을 지새워도 부족하니
시를 써 보낸 것은 그러한 까닭입니다.

형용할 수 없는 미려함을 꽃에
평생토록 그리워할 이를 낙엽에
넓고 허망한 마음을 바다에
어두운 하루를 위로하는 말을 별에

빗대어 전하는 말

시집에 실린 시는
작가가 2017년 글 쓰기를 시작한 이후
써 온 시입니다.
각 시에는 어른이 되어가며 느끼는 감정이
드러나 있으며 '사랑, 그리움, 아픔, 위로'라는
네 가지 테마로 구성되어 있습니다.

1. 사랑 : 꽃

사랑의 시작(1–4)

갈등과 헤어짐(5–6)

성찰(7–8)

미련(9–11)

추억과 성장(12)

사랑의 상징은 꽃입니다. 꽃은 아름답고 화려해 사람의 마음을 앗아가면서도 꺾으면 금새 시들어 버립니다. 이처럼 사랑의 순간은 어느 순간 찾아왔다가 금새 사라집니다.

사랑 테마의 순서는 사랑의 과정을 의미합니다. 가장 처음으로 쓴 시인 "꽃말"로 시작해 떠난 사랑에 대해 이야기하는 "대상 없는 보답"으로 끝나는 이 여정은 사랑을 통해 성장하는 자신을 표현하고 있습니다. 사랑의 모든 순간을 받아들이고 그 자체로도 아름답다 긍정하는 과정입니다.

2. 그리움 : 낙엽

과거에 대한 그리움
사람에 대한 그리움
어머니에 대한 그리움

그리움의 상징은 낙엽입니다. 바닥에 떨어진 낙엽은 보잘것없어 보이기도 하지만 한여름에 자라난 푸른 잎이 있었음을 증명해주는 증거가 되기도 합니다. 이처럼 그리움은 서글프면서도 잊고 싶지 않은 과거의 추억입니다.

그리움에서는 과거와 사람, 어머니에 대한 그리움이 반복해서 등장합니다. 이는 한번 그립고 마는 것이 아닌, 계속해서 생각나고 그리워지는 과거를 표현하고자 했습니다. 그리움 테마는 반복해서 찾아오는 그리움을 추억하고 기리는 순간입니다.

3. 아픔 : 바다

영문 모를 혼란과 절망(1-4)
부정(5-6)
익숙해지는 아픔(7-8)
받아들임, 이해(9-10)
그럼에도 찾아오는 내일에 대한 긍정(11-12)

아픔의 상징은 바다입니다. 바다는 끝없이 깊고 넓어 사람을 헤매고 가라앉게 만듭니다. 이처럼 아픔도 우리를 절망과 우울함에 빠트리고, 끝이 보이지 않는 심연처럼 우리의 눈앞을 가려 좌절하게 합니다.

아픔 테마는 막연한 두려움과 혼란으로 시작합니다. 우리가 그러하듯 시는 아픔을 부정하고, 뿌리치다가도 결국 그것을 받아들이고 이해하기 시작합니다. 이곳에는 아픔을 이겨내는 과정이 각 시의 순서로 표현되어 있습니다. 아픔 테마는 절망 속에서 내일을 향해 나아가는 힘겨운 발자취입니다.

4. 위로 : 별

빛나는 내일에 대한 희망(1-3)

그리 멀지 않은 것들(4-6)

그대로도 괜찮다는 위로(7-11)

해주고픈 말들(12-13)

어른이 되어가기에(14)

위로의 상징은 별입니다. 밤하늘은 어둡고 두렵지만, 그 안에서 우리는 빛나는 별을 찾을 수 있습니다. 이처럼 위로 또한 아픔과 절망이 가득한 우리의 삶 속에서 분명히 빛나고 있습니다.

위로는 일상을 노래합니다. 아픔에 가려 보지 못하는 삶의 가치와 아름다움을, 앞으로 나아갈 길과 쉬어갈 방법을 되새겨 줍니다. 우리가 앞을 보지 못하고 좌절할 때, 위로의 말은 우리의 앞을 비추어 줄 것입니다. 위로 테마는 제 자신에게 해 왔던, 이제는 당신께 들려드릴 삶의 이야기입니다.

인플라워 :

Inflower = Influence + Flower

예쁜 꽃과 같이 아름다운 영향을 꽃피우는 사람들

- **원윤서**(총괄) 주형이의 슬픈 소식을 듣고 아무것도 해줄 수 없어 가장 미안했습니다. 그러던 중 교장 선생님께서 친구들과 함께 시집 발매를 준비해보자는 제안을 하셨습니다. 출판 자금을 위해 굿즈와 음식을 만들어 학교 안에서 판매를 했습니다. 과정 속에 여러 시행착오와 부딪힘이 있었지만, 저희에게는 희망이 있었습니다. 주형이의 글이 이 세상에 아주 선한 영향력을 끼칠 수 있다는 것을 믿었습니다. 무엇보다 이 순간들이 주형이와 저희 모두에게 위로와 희망이 되었습니다. 후원해주신 선생님들과 학부모님들, 책이 세상에 나올 수 있도록 도와주신 도서출판 하영인, 글을 써준 주형이까지. 저희는 많은 도움을 받아 여기까지 올 수 있었습니다. 오랜 시간 준비해 온 만큼 이 책이 여러분들의 마음에 한 송이 꽃이 되길 바랍니다. 진심으로 감사드립니다.

- **오다인**(기획팀) "부디 이 한마디가 당신의 마음속에도 피어나길 바라며"(시작하는 말 중에서) 작가의 많은 노력과 진심이 담긴 이 시들이 독자들의 마음속에서도 꽃으로 피어나길 바랍니다.

• 정혜나(기획팀) 주형이의 꿈인 시집 출판에 조금이나마 도움 줄 수 있어서 좋았고, 감사했습니다. 많은 일들을 겪어 왔던 주형이의 마음과 생각들이 담긴 이 책을 읽으시는 독자분들도 많은 위로를 받으셨으면 좋겠습니다.

• 안현빈(펀드팀) 시집 출판에 기여한 팀원들, 아름다운 시를 쓴 주형이에게 너무나 감사한 마음입니다. 앞으로 우리들이 겪을 일들, 걸어갈 길들이 시집 속 시처럼 아름답기를 진심으로 바랍니다.

• 조하림(펀드팀) 아름다운 시를 시집으로 만들어 출판하는 일에 참여할 수 있는 기회가 주어져서 너무 귀한 시간이었습니다. 비록 어린 학생들로 구성된 팀이었으나 친구들과 함께 각자의 위치에서 최선을 다하는 모습 그 자체만으로도 의미 있는 시간이었습니다.

• 윤하영(디자인팀) 디자인팀원으로써 책의 일부가 될 수 있어서 좋았습니다. 처음은 혼란 속에서 시작했기에 가능할까 싶었지만 각 팀원들의 노력들이 모여서 책 속의 작품들을 구성한다는 것에 감사했습니다. 이 책을 통하여 주형이의 마음과 그 뜻이 잘 전달되

었으면 좋겠습니다.

• 이진명(펀드팀) 주형이의 출판을 위해 펀드팀원들이 많이 도와주고 힘써주었습니다. 주형이의 시 하나하나가 공감되었으며 어려운 상황 속에서 도움이 되었고 힘이 되었습니다. 이 프로젝트가 다른 사람에게도 널리 퍼져나갔으면 좋겠습니다.

• 임주형(기획팀) 시집 출판에 참여하며 최대한 많은 일들이 한번에 빠르게 진행될 수 있도록 하면서 약간의 힘든 것도 있었지만 그 결과의 보람참도 느끼게 됩니다. 이 책이 상업적인 목적이 아니라 주형이 그리고 우리의 마음으로 만든 책이라는 것의 의미가 모두에게 있었으면 좋겠고, 모두 함께 만들었다는 생각을 하면 좋겠습니다.

• 노혜원(펀드팀) 내 손으로 직접 뭔가를 이루어 내는 것에 동참할 수 있는 경험이 되어서 너무 좋았고 주형이의 시들을 읽으면서 공감과 위로를 받으며 많이 웃을 수 있었습니다. 또한 이렇게 친구들과 함께 하며 성장하는 발판이 되었습니다. 주형이의 시들을 통해 제가 얻었던 감정들을 독자분들도 느낄 수 있을

것이라고 생각합니다.

• **권수민**(기획팀) 주형이의 시로 모두가 하나 되는 것을 보며 뿌듯함을 느꼈습니다. 각자의 자리에서 자신들의 일을 해나가며 우리는 이렇게 또 어른이 되어가는 것임을 느꼈습니다. 모두가 시를 한자 한자 읽을 때 마다 마음속에 꽃이 피어났으면 좋겠습니다.

• **이정우**(디자인팀) 자신의 이야기와 감정들을 시로 써내려 갈 수 있는 것은 정말 멋있고 대단한 일이라고 생각합니다. 그런 주형이의 시집 출간에 아주 작은 부분으로 참여할 수 있어서 기뻤고 영광이었습니다. 시집이 우리에게 그랬듯이 많은 사람들에게 따뜻함을 안겨줄 수 있길 바랍니다.

• **김휘진**(펀드팀) 주형이의 꿈이었던 시집을 출판하는 것을 조금이나마 도울 수 있어서 감사합니다. 고된 창작의 고통 끝에 이 시집에 투영된 주형이의 감동들이 시집을 읽는 독자들에게 와닿아 삶에 희망이 생기기를 바랍니다.

• **박주형**(디자인팀) 친구의 꿈을 도와주면서 제

꿈에도 한 걸음 가까워질 수 있는 좋은 계기였습니다. 이 책에 담긴 많은 시들이 저와 저희 팀 친구들의 마음을 건들었던 것 처럼, 다른 독자분들의 마음도 건드릴 수 있었으면 좋겠습니다.

- 김소윤(홍보팀) 한 친구의 진심이 담긴 일에 내가 감히 참여할 수 있을지 걱정을 많이 했지만 홍보팀의 리더로서 책 출판에 도움이 될 수 있어서 좋았습니다. 시집을 통해서 많은 분들이 주형이의 마음을 알고, 위로받고 공감할 수 있는 기회가 왔으면 좋겠습니다.

- 이유진(홍보팀) 시를 잘 알지도 즐겨 읽지도 않았지만 이 시를 읽으면서 안 단 하나의 사실은 이보다 더 좋은 시는 찾을 수 없겠다라는 생각이 들었습니다. 시를 하나하나 읽을 때마다 시인의 마음이 그대로 들어나 나를 위로해주고 보듬어 주었습니다. 시인의 마음이 담겨져 있는 이 아름답고 좋은 시들이 세상에 들어날 수 있어서 참 다행이라고 생각합니다.

- 장 영(디자인팀) 작업을 진행하는 동안 시인

의 글을 읽으며 정말 많이 공감하고 치유를 받았습니다. 가장 힘들던 시기에 저를 참 많이 위로해준 아름다운 시들을 써준 시인에게 감사와 박수를 보냅니다. 이 시집을 읽는 사람들 또한 제가 느낀 위로를 경험하기를 바랍니다.

• 송욱찬(펀드팀) 시를 통해서 회복되고 성장할 수 있다는 것을 알게 된 뜻 깊은 경험이었습니다. 그 과정이 공동체 안에서 함께 이루어졌다는 사실이 더욱 감동입니다. 주형이의 시집 출간을 축하하며, 함께 할 수 있어서 감사했습니다.

소년은 어른이 되어갑니다

2022년 9월 13일 초판 발행

지 은 이 | 이주형

발 행 인 | 김수홍
편 집 | 김설향
디 자 인 | 사라박
펴 낸 곳 | 도서출판 하영인
등 록 | 제504-2019-000001호
주 소 | 포항시 북구 삼흥로411
전 화 | 054) 270-1018
블 로 그 | https://blog.naver.com/navhayoungin
이 메 일 | hayoungin814@gmail.com
인스타그램 | https://www.instagram.com/hayoungin7

ISBN 979-11-92254-02-9

값 11,000원

이 도서의 국립중앙도서관 출판시 도서목록(CIP)은 서지정보유통지원시스템 홈페이지(http://seoji.nl.go.kr)와 국가자료공동목록시스템(http://www.nl.go.kr/kolisnet)에서 이용하실 수 있습니다. (CIP제어번호: CIP2020008096)